もくじ

06 大地から

月 ◆ 7

太陽と月と地球 ◆ 8

モミジ ◆ 9

根っこ ◆ 10

イチョウの木 ◆ 12

空蟬 ◆ 14
うつせみ

蜂の巣城 ◆ 16

18 絆

芽生え ◆ 19

1st birthday ◆ 20

ナイアガラの滝 ◆ 22

湯の山温泉 ◆ 24

ウィンターイルミネーション ◆ 26

そろばん ◆ 28

桜 ◆ 29

30 過ぎ行く中で

負　傷　◆ 31

父と母の終戦　◆ 32

母　◆ 34

掃　除　◆ 36

十三夜　◆ 38

酒　◆ 39

40 養　生

生まれ変われるものならば　◆ 41

心の洗濯　◆ 42

底のある話　◆ 44

寒い朝　◆ 46

頑張らなくていい　◆ 48

リセット　◆ 49

50 追い風に乗って

日々の中で　◆ 51

明　日　◆ 52

魅　力　◆ 53

押　絵　◆ 54

着物と私　◆ 56

時の流れ　◆ 58

あとがき　61

綴二杯

大地から

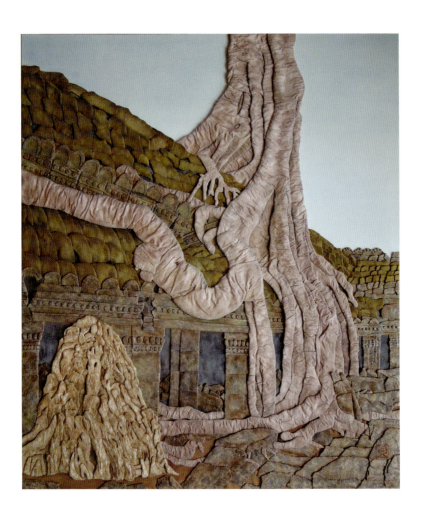

綴二杯

松岡 眞理子
Mariko Matsuoka

文芸社

月

月はいつも球状なのに
夜ごと形を変えて現れる

コミュニケーションにある
見えない部分を
象徴するかのように

すれ違っていた
互いの心が見えた時は
至極の喜び

ウサギが
餅をついて祝福してくれる

感動のある人生がいい

太陽と月と地球

2012年5月21日月曜日の朝
いつもの太陽と月がクローズアップされた

薄雲の切れ間から欠けた太陽が姿を現す

太陽観察グラスを使って見た
軌跡の天体ショー
名古屋では932年ぶりの金環日食だ

輝くリングは
太陽と月と地球が一直線になった証
太陽と月の大きさ
そして距離が作り出した神秘の偶然

地球は太陽系で唯一人類が住む奇跡の星
生を受けたことに感謝し
命を尊び和を大切に生きていこう

金環は歓喜の人の輪

もくじ

06 大地から

月 ◆ 7

太陽と月と地球 ◆ 8

モミジ ◆ 9

根っこ ◆ 10

イチョウの木 ◆ 12

空蝉^{うつせみ} ◆ 14

蜂の巣城 ◆ 16

18 絆

芽生え ◆ 19

1st birthday ◆ 20

ナイアガラの滝 ◆ 22

湯の山温泉 ◆ 24

ウィンターイルミネーション ◆ 26

そろばん ◆ 28

桜 ◆ 29

30 過ぎ行く中で

- 負傷 ◆ 31
- 父と母の終戦 ◆ 32
- 母 ◆ 34
- 掃除 ◆ 36
- 十三夜 ◆ 38
- 酒 ◆ 39

40 養生

- 生まれ変われるものならば ◆ 41
- 心の洗濯 ◆ 42
- 底のある話 ◆ 44
- 寒い朝 ◆ 46
- 頑張らなくていい ◆ 48
- リセット ◆ 49

50 追い風に乗って

- 日々の中で ◆ 51
- 明日 ◆ 52
- 魅力 ◆ 53
- 押絵 ◆ 54
- 着物と私 ◆ 56
- 時の流れ ◆ 58

あとがき　61

綴二杯

大地から

モミジ

若葉が萌える頃
目を和ませてくれる緑のモミジ
カエルの手のように切れ込んだ葉は
きらめく星の形にも似て華々しい
若葉の季節のモミジは活気に満ち溢れている
4月から5月頃には小さな赤い花が咲き
翼果という翼を持った実も付ける

緑のまま他の木々と同化していたモミジは
いつしか色付き真っ赤に染まっていく
木の枝から出ている
数え切れない紅葉の集団が我々を魅了し
精一杯の存在感を見せてくれる

そして燃え立つ紅色のまま
空中を舞いながら美しく鮮やかに散っていく

翼果は風に乗りくるくる回りながら
遠くへ飛んでいき実生となる

根っこ

庭の片隅に置き去りにされていた
オリヅルランの植木鉢

持ち上げようとしたが動かない

わずかなすき間から鉢底を覗くと
根が庭土まで伸びている

両手で思いっきり引っ張って
ようやく抜けた

鉢の中はぎっしりと張り巡らされ
行き場のない根
新しい土中を求めて
鉢の底から外へ、はみ出していた

根をほぐすと
土がパラパラと落ちていく
３分の１ほど切って整え
鉢に新しい土とたっぷりの水分補給

オリヅルランさん
少しは居心地好くなりましたか

行き詰まった時
より良く見える外の世界

だけど今の環境を整えて
住みやすく工夫する道もある

イチョウの木

東山通の並木道　街路樹はイチョウ

大きく育った幹に
葉という装飾を取り払った枝が
眠りに入ったかのように鳴りを潜めている

ソメイヨシノの花が散り始めた頃だったろうか
イチョウの枝に無数の小さな若葉が芽吹いていた
５月になると木々は緑の葉で覆われる

夏至の頃
信号待ちで見上げると
葉より少し薄色の青い実がたくさん付いていた
青い実はやがて黄変する

灼熱の太陽が照りつける時期も過ぎ
いつしか黄葉の季節
イチョウの実があちこちに落ちている
葉も黄変して落ちている

毎朝の掃除は大切になる
放置すると
実が自転車や通行人によって踏みつぶされる

ある日、駅前にある木の幹に貼り紙がされた

"長年、皆様に愛されてきたイチョウの木ですが
　交差点付近にあり、通行の支障となっており
　ギンナンも多く落ちるため、近日中に撤去致します"

　しばらくして歩道に新しい敷石がはめ込まれ
　１本のイチョウの木が撤去されていた

　陽射しが強くなると
　大きく育ったイチョウの木は日陰を作って
　信号待ちをしている私たちを守ってくれていた
　イチョウさん、ありがとう

空蟬

夏の朝　響き渡る風物詩
蟬たちの鳴き声

昼は少し静かになり
夕方になると再び大合唱を始める

庭のヒイラギモクセイ
葉の裏に蟬の抜け殻を見つけた

抜け殻の足は
しっかりと葉に付いている
雨が降っても風が吹いても落ちない

長い間、土中に潜んでいた蟬の幼虫が
地上にはい上がり
日没後ここで羽化したのだ

朝には無事に飛び立っただろう蟬

種類ごとに異なる音色で
遠くまで響いていく蟬の鳴き声

夏の空にオス蟬たちが奏でる
フォルティッシモの世界
メス蟬たちが呼応してカップル誕生

ひっそり生き延びてきた
土中生活を抜け殻に残し
じりじりと照りつける
強い陽射しを受けて
限られたひと夏を全力で生きる

子孫を残すという
自分の仕事をし
力尽きて生涯を閉じる

蜂の巣城

ようやく梅雨が明け
夕方、枝を剪定していた

ブゥ〜ン
羽音を鳴らして現れた黒い蜂の群れ
こちらに向かって飛んでくる

椅子から下りて逃げようとした
間に合わず頭を刺されそのまま倒れた

陽射しで温まった芝生が
傷ついた体を優しく受け止めた

蜂はまだ上空を飛んでいる
起き上がり家に駆け込んだ

霧がかかったような視界で探したアンモニア
患部に付けて玄関で横になる

混乱する頭でサバイバル
怪我をした動物が
癒やしの場へたどり着こうとするように病院へ向かう
暗くなりかけた道に街灯が揺れている

病院で点滴の処置
すっかり夜になった帰り道を歩く頃には
足取りの確かな自分がいた

翌朝、庭に出ると
水道の蛇口にメガネの枠が引っかかっていた
外れたレンズはひび割れ少し離れたところに落ちている

蜂が出現した辺りには
直径15センチほどのコガタスズメバチの巣
中央に穴が開いていて黒い目が光っていた

巣というお城を守ろうとする蜂にご用心

絆

芽生え

土の中から
小さな緑の双葉

夢と希望を
胸一杯にふくらませ
青空に向かって顔を出している

祝福の風が辺りに吹き始め

新しい芽生えを風の便りに知った
自然の恵みたちとのハーモニー

優しさに包まれ
心和むひととき
ステキな花が咲きますように

1st birthday

紅白の一升餅を背負い
前へ進もうとする

重くて後ろへ倒れそうなので
大人がお餅を支えていたが
そのうち慣れてきたのか
手を離しても倒れず
真剣な表情でハイハイとつかまり立ち

一升を一生になぞらえ
一生食べ物に困らず健康に育つようにと
願いを込めた一升餅の伝統行事
初孫　1歳のお誕生日

ふだんは伝い歩きが好き
時々つかまらずに立って歩こうとする
1歩、2歩、3歩
4歩、5歩と進んだところで座り込む

歩けたね！　偉い！
拍手すると
孫も笑みを顔一杯に浮かべて
小さな手を合わせ嬉しそうに拍手
笑うと見える　きれいな8本の歯

パッチリお目々の澄んだ瞳と
長いまつげはママと同じ
優しいけれど凛々しい眉は
パパにそっくり

生まれたばかりの頃は小さく頼りなげ
壊れないように　そっとそっと抱っこ

パパとママの愛に包まれて
幸せ一杯にここまで育った孫
笑顔がとてもかわいい

これからも順調に育ちますように

ナイアガラの滝

ナイアガラ瀑布
広い川幅から静かに流れる水面が一変して
すさまじい音を立てて落ちていく

遊覧船「霧の乙女号」
ビニール合羽を着て乗船
アメリカ滝のそばを通り
カナダ滝の滝壺近く
立ち昇る白い水煙に向かって行く
迫力満点

フリータイムに行った「Journey Behind the Falls」
地下通路を使って
滝の裏側から直下する流れを眺める
想像を超える水量と音

地下通路を歩いてデッキに出ると
ダイナミックな滝を真横から見ることができる

夜はレストランで
ライトアップされた滝を見ながらの食事
滝は時間と共に色とりどりに変化して染められ
華麗な雰囲気を醸し出している

そんなナイアガラの滝に挑んだ人たちがいる
19世紀に滝の下流で「綱渡り」をして
観衆を引きつけた人たち
20世紀には瀑流から身を守る乗り物を作り「滝下り」で
生還した人たち
2012年、1世紀以上ぶりに「綱渡り」に挑戦して
史上初めて滝壺の真上で成功した曲芸師

ナイアガラの語源に
「雷鳴の轟く水」を意味する先住民の言葉がある
流れ落ちる滝の轟音が彼らを奮い立たせ
挑戦へと導くのだろうか

夜が更けても
滝はずっと同じスケールで流れている
今も昔もきっとこの先も

湯の山温泉

三滝川沿いを走り　橋を渡り
坂道を上って宿に着いた

夫の運転で湯の山温泉へ
５日前に決めたお正月の家族旅行

宿の展望台に上がると
緑豊かな山々と渓谷
御在所岳の大自然が広がっている

湯の山温泉は美肌効果も高いらしい
程良い温度で血液の循環を良くしてくれる
入浴後は「浴衣処」で選んだ好みの浴衣姿

夜は伊勢海老のお造りと
松阪牛溶岩焼きが付く会席料理に地酒

食後はフロント前のスペースで
つきたてのお餅を食し夜は更けていく

翌朝　外は一面の銀世界
まだ雪が舞う中
娘と傘をさし向かった露天風呂

雪は降っているが寒くはない
名湯が優しく体を包んでくれる
間近に雪をかぶった岩石や木々が目に入る
傷ついた鹿がやって来るかもしれない
木々に囲まれた自然環境の露天風呂

718年　浄薫和尚が薬師如来のお告げで
発見したと伝えられる湯の山温泉

今日も明日も
こんこんと湧き続けるだろう
憩いのパラダイス

ウィンターイルミネーション

イルミネーション　暗闇に灯る発光ダイオードの集合
17時25分点灯　チャペルに向かって水上に光の川が走る
周りを見渡すと「なばなの里」はまさしく冬華の競演だ

光に包まれた200メートルのトンネル
二重になった５枚の花びらが放つ淡いオレンジ色の光
雪の結晶をアレンジしたような緑と青の華
両側には１メートルくらいの高さで
白い葉に青い光が鏤められた道が続く
鳥がさえずるBGMと華電球の向こうから見える緑の光が
森のイメージを連想させる

トンネルを抜けるとテーマエリア
横幅120メートル、高さ20メートルの大パノラマ
光が滝のように上から落ちていく
下からは白い光が出現
水蒸気が立ち昇っているかのようだ
虹が両側から中央下へと移っていく
右から左へ鳥が横切る
そして赤にライトアップ

一転してオーロラ
花火の演出へと続く

寒い冬空の中
幾度も繰り返されるシーンを
立ち止まり見つめ続けている人だかり

100メートル続くレンゲと菜の花のトンネル
鏡池に映るライトアップされた木々
青と白の光で飾られた18メートル高のツインツリー
青い光の花壇「雲海」
クリスタルホワイトのアーチで飾られた
細い小道を通り抜け
チャペルに向かって歩いたカップルは
幸せになれるという

星の光の再現から生まれたというイルミネーション
その景観を楽しみながら
夢のある光の装飾に
輝く未来を重ねて見ているのだろう

そろばん

結婚して間もない２人きりの暮らし

１日の支出はわずかだった
家計簿を筆算して付けていると

「これを使うといい」

夫が長さ20センチほどの
ハーフサイズそろばんをそばに置いた

掛け算・割り算をするわけではない
短いから片付け場所にも困らない
家計簿にピッタリの
そろばんを譲ってくれた

あれから44年
家計簿の友として
電卓が普及した今も大切に使っている

桜

青い空に薄紅色の花が
風にそよいでふんわりと浮き上がっている

高遠の旧藩士たちが桜の馬場から移植した
樹齢130年以上の木々を含めた
約1500本のコヒガンザクラが
城址公園のいたるところで
枝一杯に花を付けている

10日ほど前まだ蕾（つぼみ）だった高遠の桜

剪定され歪（いびつ）な姿がむき出しになっていた老木が
若木と共に一斉に開花し人々を魅了している
老いても花は花

天下第一の桜と称されるコヒガンザクラの花園

年に一度の花化粧

過ぎ行く中で

負　傷

　幼少の頃
　父の膝に座っていた

　青緑系の点々が足に散らばっていた

「どうしてこうなっているの」
　と尋ねた

「戦争に行って
　爆撃に遭って
　破片が残っているんだよ」

「もう、それ、取れないの」

「そうだねぇ」

　足だけでなく体にも破片が残っていて
　十文字の傷痕があちこちにあった

　父は目を閉じていた

父と母の終戦

終戦記念日が近づくと
マスコミを通して
戦争体験が語られる

父も母も戦争の話はしたがらなかった
思い出したくないと言う
何かの拍子で話すことがあっても
途中で首を横にふり
会話は途絶えて他の話になる

そんな両親から聞いた

赤紙が届き父は満州へ渡った
戦地で爆撃を受け父は負傷

「もう駄目かもしれない」
同じ負傷兵と語り合ったという
足手まといは
いつ取り残されるかわからなかったのだろう

母は空襲に遭っている
川のほうに逃げようとすると
「そっちは駄目だ、こっちだ」の声
言われるまま逃げると
川のほうが爆撃されていたと言う

終戦になったが
父はすぐに帰らなかった

ある日ボロボロの姿で
父は母の前に現れた

その時が２人の終戦だった

母

そろそろ危ないかもしれない
連絡を受け
半信半疑で病院へ行く

母は目を閉じて眠っているようだった
顔色が悪く苦しそうな息づかい

看護師さんが今夜あたりと言う

「お母さん」
「眠いの？」
返事はない
手を握るとギュッと握り返す

息の荒かった母が
急に静かに呼吸し始めた
しばらくして
医師が「ご臨終です」と言う

半信半疑
この間元気だったのは
最後の別れをしていたのだ

晩年、母は2回転倒して骨折した
1回目は杖を使ったが歩けるようになった
2回目は車椅子になった
頑張っていた母

今度ばかりは無理だった

掃　除

ズィーン

電気掃除機の音が響く

ハウスダスト発見センサーが検知して

赤いランプが点灯

カーペット、床、畳

部屋から部屋、廊下へと

コードのコンセントを替えながら

掃除機で塵や埃を吸い取っていく

幼少の頃

母が掃除していた姿を思い出す

白い割烹着を着て

頭には白い手ぬぐい

まず電灯の笠、障子戸に、はたきをかけ
畳、床をほうきで掃いていく
床はそのあと雑巾で拭く

時代が進み
使う道具は進化した
留守中に掃除してくれる
自動掃除機もある

今でも変わらないのは
散らかった場所を
清潔にして整えること
大切な日常のルーティン

十三夜

新暦11月の夜空に
明るく美しい月が輝いている

秋のお月見といえば
仲秋の名月（十五夜）と十三夜
2014年は３年に一度の旧暦調整で
９月の後に閏９月が入り
171年ぶりに後の十三夜が加わった

1843（天保14）年以来という二度の十三夜
天保の時代に農作物の収穫を祝い
この特別な年の名月を愛でる人々が思い浮かぶ
　光害や大気汚染のない時代
夜空の月は今以上に美しかったことだろう

919年に宇多法皇が始めたとも言われる
十三夜のお月見
今も大切にしたい日本の風習

酒

料理を引き立てる酒

冗談を交わしながら
皆で味わう楽しい酒

楽しさがいきすぎて
陶酔してしまう酒

寡黙な人が饒舌になるなど
解放感のある酒

傷ついた心を治癒するかのように
アルコールが浸透していく
どうしようもなく、やるせない酒

百薬の長とも言われる酒

酒には不思議な力がある

養　生

◆　◆　◆

生まれ変われるものならば

苦手なことが得意になるとか
もっと幸運に恵まれるとか
今とは違う
生まれ変わった自分を思い描いてみる

たどり着く結末は
また別の夢を追いかけている姿

共に泣き笑い
喜び合える人たちがいれば
今もバラ色人生

できないことが多いから価値がわかる
幸福になりたいから頑張れる

心の洗濯

いやなこと
つらいことは
考え続けないようにしている

どうしても拭いきれない時は
他のことに浸ってみる

それでも気になると
腹を据えて自分と向き合い
とことん思い考えてみる
時には落ち込んで
気持ちに圧力がかかり
押しつぶされそうな時もある
でも自分をありのままに受け止める

浸け置き洗いした洗濯物のように
十分浸って
いつしか
人の温かい言葉だったり
時の経過が作用して
汚れが取れ
スッキリとしているものだ

のんびり気ままな
リフレッシュした幸福さんがいる

洗濯物は汚れが付いたら
すぐに洗ったほうが落ちやすい

できるだけストレスをためずに
早めに解消して過ごしたいものだ

底のある話

夜スイッチを押しても点かない
プライベートルームの照明

25年余灯してくれた蛍光灯
本体に寿命がきたらしい

蛍光スタンドの明かりで過ごす

薄暗い部屋で
笑顔で励ましてくれた人の言葉が浮かぶ

思うように事が運ばず悩んでいた時だった

「もうそろそろ底が見えているんじゃないの
あとは上がるだけね」

伝説の鳥フェニックスは
天寿が尽きる前に火の中に飛び込み
その灰の中から
幼鳥の姿となって再生するという

人生山あり谷あり
陽はまた昇る

谷からの復活シーンを思い描いてみる
翼のない私
一歩一歩、時間をかけて上がっていく
陽の当たる場所まで

寒い朝

年暮れの寒い朝
自宅前の歩道脇にある溝の金属ふたを
持ち上げようとした

張った筋肉が伸びきれず
骨盤上あたりの両側でグキッと音がした

風邪をこじらせ数年ぶりの内科受診
弱った体に追い打ちがかかる

１日目　鈍い痛み
２日目　夕方からズキズキ痛み出す

スマートフォンで「ぎっくり腰」を検索
痛めてから48時間は
炎症物質が出続けているらしい
冷湿布をしてコルセットを着ける

３日目　さすがにあまり動けず手作業に専念

咳をすると損傷した筋肉に響く
ずっと立っているとつらい

夜中、寝返りができず目が覚める
痛い部分をかばいながら
体の向きを変える

起きる時は腕の力を頼りに
物につかまりながら立ち上がる

重い物は持てない
引きずって動かす
今まで何気なく持っていた物も持てず
「てこ」の原理 で
一部分を体に付けて持ち
もう片方の手で
手すり等につかまりながら運ぶ

筋トレとウォーミングアップが脳裏に浮かぶ

頑張らなくていい

ビュービューと風が音を立てて吹いている

立春を過ぎてやってきた寒波
昼下がりのひんやりとした空気の中
ダウンコートを着て駅へ向かう

風がどこかへ運んでしまったのか
澄み渡った雲一つないきれいな青空
私の心も迷いや雑念いろんなことが一掃され
この空のようになれるといいのに

頑張りたくない日が続いている
先のことは考えず
今だけを気の向くまま過ごしていたい

こんな日もあっていい
ゆっくり休んでまた頑張ればいい
一掃できる風が吹き
エネルギッシュになれるその日まで
今は頑張らなくていい

リセット

何もしたくない
何も考えないで
ただボンヤリとしていたい

深呼吸してリラックス
緊張してピンと張っていた筋が緩んで
体の組織へ美容液が浸透していく気分

心地好さに満たされて
いつの間にか時間が過ぎている
心と体に優しい休息のひととき

束の間のリセットで
また一歩踏み出す活力が湧いてくる

追い風に乗って

◆　◆　◆

日々の中で

幾つになっても
知らないこと
気付かないことがある

日々の暮らしの中で
知らなかったことがわかるようになり
ある日　ふと
気付かなかったことに気付く

そんな充実感を求めて
素晴らしいことにはときめき
心に豊かさを持ち
自分の信じる道を
ただひたすらにまっすぐ生きていく

明　日

「明」るい「日」と書いて
「あす」と読むように
　未来はいつも希望に輝いている

　迷い　ためらい
　行く先が決まらないこともあるけど
　そんな時は
　周囲の温かい一言で勇気づけられる

　人は独りでは生きていけないとつくづく思う

　出会いとふれあいは人生の宝

魅　力

人の魅力
それは外見だけでなく
内から滲み出るもの

幼年のきめ細かなもち肌
愛らしいしぐさ

若年のみなぎるパワーと
エネルギッシュな躍動感

中年の機能的な動き
情緒豊かな表情

高年の経験を積み重ねた
円熟の 趣

日々の生き方で
年齢に見合った
その人だけの魅力がつくられていく

押　絵

押絵に初めて出会った時
自分で作って部屋に飾りたいと思った

きれいな布、和紙で包まれ、レリーフのような立体感
雛人形、五月人形など日本の季節行事に関する物から
歌舞伎、植物にいたるまで、いろいろな題材がある

教室へ通い続けるうちに
教材だけでは物足りず
自分で考えて作るようになった

作品に取りかかると
寝る時間も惜しみ、昼間はなりふり構わず
黙々と作っている

気にかかることも、いっとき忘れて

しなければいけないことが他にたくさんあるはず
でも今はこれしかできない

どのくらい大切なものかと尋ねられても
返事になる言葉が見つからない

テーマを決め、絵を描き、作り始める
途中、試行錯誤を重ね作り直すこともある

手間ひまかけて作品が仕上がると
やり遂げたことへの安堵と達成感に満たされる

押絵は自分の中にあるものを
作品を通して表現できる一つの手段かもしれない

着物と私

和の装い　着物
時間をかけて織られ染められ
まさしく芸術品　そして日本の心

そんな着物をもっと身近に感じ
気軽に着用してみよう
ある時は優雅に　ある時は粋に
自分に合った装いを楽しみたい

まずは自分できれいに着られること
着付けを習うことにした

始める前はすぐにできると思った
だが意外と難しい
あきらめないで
もう少しと自分を励ます

もう少し着物に親しんで
着る回数を増やそう
もう少し技術を身に付けよう

着物を着て歩く　座る　手を伸ばす
動きに制限はあるが
着物ならではの身のこなしに風情を感じる

素材　コーディネート　TPO

もう少し着物の知識を身に付けよう
日本人として着物を着こなし
着物についてもっと知りたい

もう少し、もう少しの繰り返しで今がある

時の流れ

時計が止まり電池を入れ替えた

電波受信が始まり時間が修正される
止まった時間の分だけ
針が動いていく

時計が止まっても
時の流れは決して止まらない

人も動物も植物も
万物に対して
時は平等に動いている

いつもより時間が長く感じたり
短く感じることがあっても
時は常に一定の速度で流れている

喜びも悲しみもすべて
長い目で見れば一時的なもの
人生の波に運ばれて
過去へと遠ざかっていく

年を重ねていく中で
与えられた時間をどのように過ごしていくか
その都度、自分らしい在り方を見つけていきたい

あとがき

　織物の最高峰に「綴れ織り」というものがあります。経糸と緯糸を交互に浮き沈みさせて織る「平織」の変形組織ですが、なかでも「爪搔本綴れ織り」は、経糸の下に下絵となる「織り下絵」を置き、その絵の通りに緯糸を折り返すように織っていくため緯糸が裏面に渡ることがなく、両面使用が可能な織物です。裏側の糸処理を表側に出せば、今度は裏が表になるのです。

　一般的に裏の文様は表と逆になりますが、裏表のない「綴れ織り」に惹かれ、私の心に浮かんだ言葉を思いのまま、裏表なく綴ったということで、この詩集のタイトルに「綴」の文字を選びました。

　前作『心一杯』でティーブレイク1杯目、今作『綴二杯』で2杯目を楽しんでいただければ幸いです。

「絆」の章に収録した「1st　birthday」は、娘夫婦の長男が1歳の誕生日を迎えた喜びを綴ったものです。その初孫が「1st　birthday」の3週間後には、息子夫婦に長女が誕生しました。2年続けて新しい命に出会えたことへの感謝から、同章の「芽生え」が出来上がりましたことを付記します。

　最後になりますが、本書出版にあたりまして、文芸社の皆様にご尽力いただきましたことを厚くお礼申し上げます。

著者プロフィール

松岡 眞理子（まつおか まりこ）

1952年生まれ、愛知県在住。
1993年に貴澄流押絵師範免状取得。
オリジナル創作に取り組んでいる。
和の広がりとして和装にも関心を持ち、2004年には、きものレディ着付
学院認可着付講師の資格を取得。
現在、きものレディ着付学院の講師。

著書『心一杯』（2008年、文芸社）

綴二杯

2019年10月15日　初版第1刷発行

著　者　　松岡 眞理子
発行者　　瓜谷 綱延
発行所　　株式会社文芸社
　　　　　〒160-0022　東京都新宿区新宿1－10－1
　　　　　　　　　電話　03-5369-3060（代表）
　　　　　　　　　　　　03-5369-2299（販売）

印刷所　　株式会社フクイン

Ⓒ Mariko Matsuoka 2019 Printed in Japan
乱丁本・落丁本はお手数ですが小社販売部宛にお送りください。
送料小社負担にてお取り替えいたします。
本書の一部、あるいは全部を無断で複写・複製・転載・放映、データ配信する
ことは、法律で認められた場合を除き、著作権の侵害となります。
ISBN978-4-286-20879-4